文芸社セレクション

翁

古屋 拓造

JN068349

文芸社

目次

最初に

江戸時代中期から代々連々と同所に住み続けてきたのかは知らない。江戸末期か、明治初期に日本橋辺りから越してきたのかも知れない。

東京区内の外れに家があり、菩提寺も同町である。江戸時代は御府内の外、武蔵国であった。墓碑は江戸時代中期から名を連ねている。段四郎とその家族の名がある。役者をしていたのかどうかを知る手立てはない。役者を家長とした代があったのかも知れない。役者は無関係で、ただ段四郎という名であったのか。

セピア色に変色した一枚の写真が残っている。何時頃のものなのか。垢抜けた身形《みなり》に凛とした容貌の老婆が写っている。四代前の連れ合いであるらしい。家長の写真はない。

現代に続く姓を何時から名乗ったのかは知れず。明治以降のことであろう。その由来も知れない。ありそうでない希有な姓である。地名の一字を替えたとすれば合点がいかなくもない。代々の系統ではあるが、知れる翁《おきな》家は三代前からである。遠地に些少あると聞いたが別な系譜ではないかと。奇妙なことはあるものだ。

翁家のルーツを知る頼りは墓碑、位牌の類、老婆の写真、その他は一切残されていない。大正の震災で消え失せたのか、そのあたりもわかりようがない。

老婆の時代は既に姓を名乗っていたはずだが、それを明かすものがまた皆無である。

――江戸中期からの古家ではあるが、現在の姓の始まりは明治以降、遡ること四代前からであろう。

三代前から姓を名乗っていたのは残存している戸籍の写しから判然としている。正式に代々を数えて、老婆が何代目に当たるのかを調べたことはない。

老婆の代で日本橋から越してきた話もあるが、それもはっきりとはしない。

ここでは三代前を初代として話を進めることに。その方がわかりやすい。

初代は五人の子供を授かった。男子が四人と女子が一人であった。

長子が後を継ぎ、他男子は養子に、女子は他家へ。

江戸時代より由来の姓を受け継ぐことはなく、明治に入ってから独自の姓を定めたのであれば、多くは無いはずの姓である。そして三人の男子が養子となれば分布の由もなかったとなる。何故少ないのかを思慮すれば、少なくて当然なのだ。

長子が二代目となり、隣県から嫁を迎えた。

国策で「産めや増やせ」の時代であった。

二代目は男子三人、女子三人を授かった。大正から昭和初期にかけては並べて子沢山であったと。

二代目の長子が三代目となり、男子二人は独立し、女子は各々他家へ。

三代目こそが翁である。

三代目の次男は翁家と三代目を不思議に思ってきた者である。同姓を名乗る家があまりにも少なく、四代以前の先祖が残した物といえば位牌と墓碑銘のみであることを。それも、先祖を遡れば何処の家でも些少は不思議もあれば奇妙もあろうが。それ等は別段変わったことではないのかもしれない。

変化

嬰児が常に静かであるのは不気味だろう。何時何処かで泣き騒ぐ。時には喧しく気に障る。元気な証しである。お腹が減る、心地が悪い、何かと泣き立てる。年頃である。騒がしくも嬰児の唯一のコミュニケーション手段である。静寂、喧噪を知りはしないのだから。齢を重ねて知ることに。

翁、頭を患ってみれば別人に。早寝遅起、眠りにつけば、大きな鼾、寝言、奇声、「あ〜あっ、だあっ〜」毎日のことだと知る者は馴れっこに。たまにの者は「今のは何だ」驚くばかり。翁の喧噪は意味不明だが、それで良いのだ。余りにも長い静寂が続くと心配となってしまう。

病後、久し振りに旅行に行けば、鼾が変わっていた。単調な旋律が節回しを持つように。深い眠りに落ちたなら、とても奏でることのない意図的とも、態とらしい鼾に。旋律の中には周りの者たちをからかっているような呼吸がある。それは今もか。音量よりもその異様さに眠気が削がれてしまう。そして昨今は深夜の暁闇の寝言？

奇声？　が音量を増すことに。馴れた媼《おうな》には毎日のことだが、たまにの者は何事かと。奇妙が過ぎるさまに。隣家まで響くのではないかと。若い時から癇が強かったことから八十五を過ぎてなお、その名残かと。とにかくも臥所が賑やかな翁となる。

精神は壮年を伏在させるか、就寝してから若さが蘇生するのか、日毎若き時代を彷徨っているのか、寝ながら老いる鬱憤を晴らしているのか、夜な夜な尋常ではないらしい。

媼、昨今は臥所に在って静寂が長いと不気味になると、わざわざ様子を見に行く有様だとか。不思議か、昼の座椅子に在っては静かであると。夜な夜な寝夢の中で若返る翁か。音を奏でる翁、元気な証しである。あまりにも長い無音の昼寝にはっとして、鼻先へ掌を差し出すこともあるらしい。齢である。頭に病を患ってからは、けっして戯れごとではなくなって夜な夜な不気味な翁となる。

翁

昭和一桁と言えば皆頑固一徹か。翁は昭和三年の生まれで六人弟妹の長男である。十六の時に戦争が因で父親は他界。爾来は母弟妹で力を合わせて頑張ることに。往時は子だくさんの家が珍しくなく、その上に家長を失った家も希ではなかったと。食糧と物資の不足に世情の混乱を思えば、戦争の最中で昭和一桁世代はよくも逞しく強かったに違いない。そうでもなければ生きてはいられぬ世の中であったろう。

仕事が軌道に乗るまでのことは知らない。想像が及ばない。家族にあって父親の役割を果たすべく、日々奮闘していたのに違いない。自らが青春時代を話すことは希である。忌まわしい思い出しかないのだろう。娯楽を嗜んだのは三十を過ぎてから。野球は知らない、囲碁将棋は知らない。ギャンブルとは無縁。酒と煙草を飲んだのも世代に遅れてであったらしい。そんな暇と余裕はなかったのか。然様な時代の愚痴を言うことは希である。その辺りは立派である。それほど世間に揉まれてきたならば、世渡りに長けていそうだが、そうではない。媼の意見は聞かず、執拗であれば癇癪玉が破裂する。それが尋常ではなかった。それは今もである。

仕事は手堅いことから、信用の厚い翁であった。贔屓としてくれるお客さんは多かった。が、仕事が上向くと未知事に手を染める翁であった。狡賢い人に乗せられては損をした。身内の話は聞き流すも、余人の話は傾聴を。媼の忠告を聞き流して大損があった。それからは聞き入れるようになったが、本質は変わるはずもなく、家人の話を疎む翁であった。それが頭に大病を患ってからは大きく変わった。変わったというのではない。余儀なくされたのだった。大病がなければ、いつかは尽きる寿命を放置して、今も仕事に暴走しているに違いない。

耳が遠くなりだした

枕元にはラジオが。朝晩に過ぎた音量で聞いていた。夏季は部屋の戸を開け放っていたから、早朝から傍迷惑であった。耳が遠くなりだした。いや、過ぎた音量が耳を遠くさせたのか、半寿を過ぎて難聴は増すことに。テレビの音量が尋常でなくなった。補聴器を付けても埒が明かず。正常な聴覚なら一緒に観るのが苦痛な程に。鼓膜が正常に振動しなくなったらしい。町医は行くが総合病院は苦手である。町医が良しとすれば、それで良かった。そう、その音量に猫だって寄りつきはしなかった。それどころか「喧しい」と前足を浴びせ掛け、抗議をしていた。

幸いにもご時世柄で字幕スーパーの番組が増えた。耳遠い人が多い証しである。今日日は毎朝テレビ欄の「字」に赤印を付けるように。そうであるから、会話が覚束なくなってきた。一般に通じる声量では会話が成り立たなくなった。声質でわかり易い、難いがあるのだと。早口もだめである。どうだろう、そのうち頓珍漢な会話も適わなくなるのでは。

病院の待合で余所の人に会話を仕掛けるのはよいのだが、応答が聞き取れない。会話がちぐはぐとなり、相手が憮然と黙りこむことが。顰め面になる人も。そう、質である。実のない話であれば話し掛けずに黙って居ればよいものを、そうはしない。懲りない翁である。相手の御仁が時に剣呑となることも。何でも気が済むようにしなければ収まらない質である。

媼が言うのには「人の話は聞かないんだから、耳はいらないんじゃないの」一理であった。それも頑固一徹だからこそ、頑張ってこられたのだ。

昭和一桁、他家の翁もそうだとか。何処の媼も割を食ってきたのでは。

昔取った杵柄はどこへやら

思い出す。昭和四十年代のことであった。後楽園ホールにローラースケート場があった。

翁が壮年時のことである。

フェンスの外から木床のリンクを見ていると「ガキの頃に鉄滑車をよくやった」と言うので、滑ることに。四十年代中半までは見かけたか。足の金型の四隅に鉄滑車が設えてあり、運動靴に結束バンドで固定する安直な物だった。翁はそれが上手であったと。ホールの貸し靴はアイススケートのエッジの代わりに四つの木車を設えた本式な物だった。

どうやってリンクに入ったのか、入るなりフェンスの手摺りにしがみついていた。滑るどころか立っていられない。手を離せば即、足下が不如意に。バランスを崩し、腰砕けとなった。昔馴染んだスケート具とは勝手が違うにしろ、からっきし話の違う翁であった。

そう、足の裏の四隅に車が四つある。簡単に滑れると思ったのだろう。仕事は無理をしてでも遂げる翁である。何とかそつなく為遂げてしまう。翁の男気であったろうが、きっと、鉄滑車にしろ滑った試しがなかったのでは。小柄で敏捷で筋骨が強くても、足下が定まらないのは拙かった。仕事がら滑るのは厳禁である。滑るものは不得手なのだ。

それにしてもだ、アイススケートならまだしもローラースケートであの体はなかった。いや、誰にも苦手はある。それに遭えば如何なものか。苦手を知らない翁である。

それで良い翁

仕事は万事抜け目なくやる。段取り良く為し遂げる。それが趣味事となると人の尻馬に乗るばかり。誘引されて感興はしても自らが企図したことは少なかったのでは。唯一長年続いているのが実益を兼ねた野菜作りだ。確かにこれは皆に喜ばれる。これがまた熱心で物によっては玄人跣《はだし》の出来もある。

どの趣味も終戦後、仕事に目処がついてからのことだった。オートバイ、猟銃、釣り、遅れてゴルフ。どれも仕事仲間からの受け合いであったに違いない。時々の仲間と撮った写真が残っている。

野菜作りだけが自らが発起した趣味ではなかったか。趣味と言うよりは実益である。翁が戦時中に生産が適う食物と言えば野菜であった。野菜作りに対する真摯な思いは今もである。実利を得ない道楽は興醒めに。

往時は職種柄、仕事納めは大晦日に、仕事始めは正月の八日からではなかったか。猟銃にはまっていた頃は元旦こそ家にいたが、後日は何処かの猟場であった。十年も続けていたのでは。それ以上か。気のおける友人と自然に塗《まみ》れ散弾をぶっ放せば気が晴れ晴れしたらしい。それも「猟師ではなし、殺生はよくない、過って人様を撃ったらどうするの」年々募る媼の小言で止むことに。そう、承知しなければ忠言などは以ての外、人の意見を聞かない翁であった。

ある日、何処からか猟犬の子犬を連れてきた。雌のポインターであった。♀であるから名前はメスと。世話はせず、訓練はせず、ある日忽然とメスは消えた。土地柄か、往時は門や囲い塀を設えない家が多かった。賢い犬ではなかった。失踪したのか、盗まれたのか、譲り受けた人に返上したのか、知れずであった。

ハーモニカを吹くやら、カラオケに凝った時期もある。

学生の時代の思い出は

希にも翁が語る学生時代の思い出は小学生の時まで。残像を掘り起こし、懐かしむように。そう、半寿を過ぎて話すのだった。

「遠足で上野の動物園に、谷津遊園へ、何々公園へ」興が乗って「修学旅行は関西だった、皇大神宮に、奈良の大仏へ、往時の金で三円だぞ、一円と言えばたいしたもんだった。当時の小学校で関西旅行は少なかったはずだ」確かに、小学校での関西旅行は聞いたことがない。

翁は中学へ。中学校時（往時は専修学校であったか）の事象は聞いたことがない。それもそのはずである。翁が入学した年の十二月一日に日本は対米英蘭開戦を決定したのだった。以後アジア太平洋戦争へ突き進む。

戦中戦後をしのぐのに精一杯なことから、娯楽に興じる暇はなかったのか。碁、将棋にして然りである。野球も解さず。ならば戦前はどのような遊びをしていたのか、何かブームは、何処其処へ行った、何々で遊んだ、自ら語ったことはない。東京区の外れにしても何かしらあっただろうに。娯楽が及ぶ環境ではなかったのか。

巨人がV９時代に無理にも野球中継につきあえば、ルールを知らずに頓珍漢な物言いばかりであった。そして挙げ句は「何が面白いんだ、くだらね～」野球の醍醐味を、妙味を解しはしなかった。

一線を退いて自らがテレビのチャンネルを仕掛けるのは時代劇と相撲、他は興趣が涌かぬのか。昨今はサスペンスも興趣となる。

転居と父の死

戦時中の食糧難から一家は東京から千葉へ転居した。理由は食糧の確保であった。翁の母は千葉の農家の出であった。千葉県とはいっても翁家から十キロにも満たない距離だった。それでも食糧事情は段違いであったらしい。田畑を借り受けて耕作が適ったのだ。

祖父は鬼籍に。住んでいた家は売り払い、家族は千葉へ。

一家の食を賄うのには他に手段がなかったのか。

それ程の距離であれば自転車を駆って母の実家へ調達に行けばよさそうなものだが。それも働き手は兵隊に、米野菜は供出に、検査官が取り立てに来るは、農家にしても十分ではなかったと。

翁の父も頑固であったらしい。丘陵の麓に防空壕を築いている最中に土壁が崩れ、翁の眼の前で死んでしまったと。間が悪ければ翁も命を落としていたと。周囲の者が地盤の脆い土地だから「止めとけ、止した方が良い」再三忠告したにもかかわらず、馬耳東風であったらしい。その頑固さは翁よりも上ではなかったか。昭和十九年、翁が十六歳の時だった。翁の苦悶は察しようがない。家族の長として、悲嘆するも、怯むも、途方に暮れている暇はなかったろう。頼りとする母の実家は、叔父さん達は。誰にも世知辛く、容赦の無い渦中であった。——母親と弟妹はよくも凌いだのだ。境涯こそ異にするが、然様な身の上の家族は多かったに違いない。

媼との出会い

往時その辺りは見渡せば田畑ばかりで民家といえば農家であった。武家の世は疾うの昔に、相身互いは農家に、近所両隣相互扶助であったらしい。翁と媼は縁続きであった。

その遷移は知れないが翁の母方は媼の分家であった。翁家を見兼ねて稲作の手助けをした一戸に媼家があった。それが縁で翁と媼は顔見知りに。それが妙縁で後に夫婦となる。一見は温和で生真面目な翁である。人当たりがよく外面はよい。お世話様な人たちに癇癪を見せることはなかったのであろう。翁の評判はよかったのに違いない。それも、将来を見透かせば、大家族の長子である。誰が嫁いでも、その世過ぎは厳しかったはずである。世の中が尋常ではなかった時世である。結婚後も何かと助けてくれた媼家だった。

どうだろう、世間とはそんなものか、家によりけりか。

翁の父は長子であった。父の弟たちは皆養子に出ていた。呼称は在所の叔父さんだった。

翁の母にも兄弟姉妹の何れかはいたが、男女何人あったのか、序列も知らない。母の実家との関係はとげとげしいものであったらしい。戦時下故か、母子たちが盆正月に出向けば「何かにつけてぞろぞろ連れて来ないでくれ」小言がならんだと。翁もそれを苦く感じていたのだろう。母が死去してからは、より足が遠のくことに。翁の弟妹も思いは同じであったろう。それでも事が生じれば翁だけは顔をだしていた。

翁はもと居た町へ

終戦を迎え、もと居た町へ。同町で叔父さんの一人が亡父と同じ商売を営んでいた。そこを伝に余儀なくも叔父さんの下で働くことに。亡父から引き継いだお客さんもあったらしい。翁の父は宮仕事もこなす腕利きであったと。今も町の神社に小さな社を残し、古寺の本堂にも名を留めている。

翁が幾年修行したのかは知らない。独立したのは何歳の時であったのか、工として熟達する前に見切り発車ではなかったか。

独立を機に翁と媼は結婚することに。昭和二十年代半ばのことだった。

翁の母が資金を出して同町の別地に新居を建てた。台所と二間ばかりの小さな家だった。転居の際に家を売った金がかなり残っていたらしい。腕利きであった翁の父である。稼ぎは良かったのであろう。それにしても十キロと離れていない地へ何故に移ったのか、食糧事情に難儀しての転居でも、平成の今を思えば滑稽ではないか。それも翁家は大所帯であった。今日に食べる物がない。食べ物が手に入るなら何時何処へでも、江戸川を一つ越えるだけで食糧事情は段違いであったと。非常な世情であったのだ。

「少しでも空襲から遠ざかろうとしたのでは」それもあったかも知れないが。

数年の後に建て増しをし、翁の家族が千葉から移ってきた。そして叔父さんが面倒を見ていた祖母までが、本家であるからか、それを機に移ってきた。何時からか、翁の祖母は同町の叔父さんの家に居たのだった。祖母が翁家に移ったのは、叔父さんが養子であること、姓が違うことを考えれば、それは頷けなくもない。

翁が修行をした叔父さん宅は近所であった。先に述べたとおり別姓である。何がどうして、それまでの遷移はまるで知らない。何故か経緯の連なりを話すことのない翁である。

東京区の田舎

東京区とはいえ、外れである。往時は駅から北へ十五分も歩けば家並みは途切れ、田畑が広がっていた。空き地も多かった。次第次第に田畑と空地は宅地となって、家が並び立ってゆく。時世は移り高度成長へ。二十年代半ばの独立から商売が盛んになりだしたのは四十年代を前にしてのことか。仕事が増えるにつれ、働き手も増えた。厳しい資金繰りは未だ未だ続いた。

翁と嫗、二人して難局を乗り切ってきた。八面六臂は共にであった。嫗の実家の援助も端《はした》なことではなかったろう。

その頃は、姑・嫁・小姑の同居が当たり前の時流であった。何処の家にもあった三女関係に不愉快は尽きなかったろう。誰が悪いと言うのではない。三女が若いなり、元気であれば、そうではなくてもか、誰かが不愉快を被るのは必定であったに違いない。昭和一桁生まれは女もへこたれず、辛抱が上にも辛抱であった。

祖母が他界。

母も還暦を過ぎて他界した。

母が没してからは媼が代役を請け合うことに。母親の代わりは適わぬまでも、翁の弟妹にそれ相応のことをしてきたのでは。

平成も四半世紀となれば「もう、十分尽くしたでしょう」と、言う人がある。

四十年代に入ってからは通いの職人さんの他に、雪期だけ東北から出稼ぎの職人さんを頼むことに。手づるは知れず。三人の年もあれば四人の年も。住居は別も、朝食・昼の弁当・夕食と、職人さんと家族の食事の仕度は媼の役目であった。家族は職人さんの後に。賄いと家事が綯い交ぜの日々に天手古舞いではなかったか。

三十年代の職人さんの休みと言えば、盆と正月、月々の一日と十五日であったように記憶する。時には夜なべもか。どうなのか、日曜日が休みとなったのは四十年代に入ってからのことだろう。

「あの頃は若かったし、農家の出だから辛くなかったわ」淡々と話す媼である。

――そう、媼だけのことではない。遣るしかなかったのだ。局面や状況は異なるも、商売を担ぐ嫁さんとなれば誰もが忙しくやりくりしてきた日年ではなかったか。とにかくも仕事に専念できた翁である。

蹉跌

東京オリンピック後の経済発展は近郊に住宅ブームをもたらすことに。翁の仕事も軌道に乗った。

惚れ込むと、疑うことを知らない翁であった。それは誰もがか。何時の間にか惚れ込んだ仕入れ業者の保証人になっていた。当初は順調で事業は殷賑を極めた。「あいつはやり手だ」翁は悦に入っていた。媼は一切知らされていなかった。数年後に業者は倒産した。その債務が後に知れてみれば、何とも、唖然呆然、翁の手には負えるはずのない、桁違いの額であった。この一件は翁が後世に悔いる大事となった。業者の事業の拡大が裏目に出たのか、派手な生活が祟ったか。奢侈な生活が事業の足を引っ張ったのではなかったか。

業者の家には高価な洋酒を揃えたホームバーがあり、浴場も個人の家には余る設えであった。浴室が広ければ浴槽も広く、総タイル張りで大人二人が楽に入れ、シャワーも付いていた。もちろん給湯設備を敷いていた。……それが翁家の風呂ときたら、シャワーなんて簀の子を踏み沈める五右衛門風呂に大人一人がやっとのことだった。シャワーなんてものは、ありはしなかった。

倒産は何が因であったのか、実際のことは知らない。業者の振り出した手形が不渡りとなってから、決済できない手形が矢継ぎ早に保証人である翁家に回ってきた。呆れるほどの枚数であったらしい。忌まわしい手形と睨めっこが続いた媼であった。好景気で得た資金もすっからかんに。家も失うところであったらしい。どん詰まりは業者の親族に分限者があって始末をつけたとか。すんでの所で片が付いたらしい。よくもしのいだ翁と媼であった。

「彼処《あそこ》は資金繰りが苦しいらしい。お宅は大丈夫か」忠告する人は二人や三人でなかったらしい。が、聞く耳を持たない翁であった。聞く耳を持たないどころか、とやかく言えば、どやし付けたのではなかったか。

ある人が「厄年」を食らったと。この一件に遭わなければ命を落としていたと。結果論であるが遭わなければどうなっていたのか、命を落とすことはなくても大病を、自らが何事かで大損していたかも知れない。他にも金儲けに色気を起こし、損を被る翁であった。

一人で

古参の職人さんは皆ロートルとなり、熟達の職人さんは独立を。

翁、還暦を前に一人で適う仕事をすることに。

手に負えない仕事は仲間に応援を。

一人でも仕事によっては他業種もこなす翁、餅は餅屋を度外視だった。他業種も職種によっては本業の者に引けをとらなかった。なかなかの意匠人である。「技は教えを請うものにあらず、見て触れ試し、盗むもの」職人の意欲を煽る金言である。翁が仰いだ師はあったのか。見様見真似、我流で技を培ってきたのでは。そう、先駆者は誰もが我流であったろう。翁の気性からして、教えを請うのは好かなかったと思われる。本業と他業が半々であった。本業は木材を相手に。他業は土を、セメント、砂利を相手に。何でも屋であった。齢を重ねる毎に他業で疲弊する。もちろん手に負えない仕事は専業にまかせたが、小仕事は何から何まで為遂《しと》げてみせた。それも時には度が過ぎて体に無理が祟ることも。「餅は餅屋」を再三再四言う媼であったが、聞く耳持たず。

何事もそうである。自分の意に沿わない忠言は受け付けず、執拗ならば耳に逆らうか、癇癪を起こし、相貌に狂気を浮かべることが。台所の流し台にコップを叩きつけたことがあった。一番凄かったのはガラス戸に電気掃除機をぶん投げたことか。

恐れ入りました

バブル時のゴルフブームは遍く、翁の仲間や客筋にも到来を。以前から興趣としていた人は尚更に。翁もその波に乗った。

翁の球技は聞いたことがなかった。ゴルフだけは相性が良かったのであろう。いや、他の競技も人並みに挑めば満更ではなかったのか。ゲートボールはさておき、ゴルフと他の球技では明らかな違いが一つある。ボールを打つ際は地面に止まったボールを打つことか。

雑誌やノウハウ本を茶の間で見かけたことはなく、打ちっ放しがどうの、スイングがこうの、練習に纏わる話は聞かず。素振りさえ見たことがなかった。家人の知れぬ所で素振りを、仲間と連《つる》み繁く打ちっ放しに通っていたのだろうか。そうでもなければそのスコアに合点が行きかねた。

客筋の大会でハンデが物を言っての優勝があった。ハンデが減らされて優勝はそれっきりとなったが、初めてにしては良いスコアであったらしい。始めてから二年目であったろう。ハーフで五十を切ったと、それから間もなくラウンドで百を切った

郵 便 は が き

料金受取人払郵便

新宿局承認

1408

差出有効期間
2021年6月
30日まで
（切手不要）

1 6 0-8 7 9 1

1 4 1

東京都新宿区新宿1－10－1

(株)文芸社

愛読者カード係 行

ふりがな お名前		明治 大正 昭和 平成	年生
ふりがな ご住所	□□□-□□□□		性別 男
お電話 番 号	（書籍ご注文の際に必要です）	ご職業	
E-mail			
ご購読雑誌(複数可)		ご購読新聞	

最近読んでおもしろかった本や今後、とりあげてほしいテーマをお教えください。

ご自分の研究成果や経験、お考え等を出版してみたいというお気持ちはありますか。

ある　　ない　　内容・テーマ（

現在完成した作品をお持ちですか。

ある　　ない　　ジャンル・原稿量（

名						
	都道 府県	市区 郡	書店名			書店
			ご購入日	年	月	日

どこでお知りになりましたか?
書店店頭　2.知人にすすめられて　3.インターネット(サイト名　　　　　　)
DMハガキ　5.広告、記事を見て(新聞、雑誌名　　　　　　)

質問に関連して、ご購入の決め手となったのは?
タイトル　2.著者　3.内容　4.カバーデザイン　5.帯
他ご自由にお書きください。

(　　　　　　　　　　　　　　　　)

についてのご意見、ご感想をお聞かせください。
容について

バー、タイトル、帯について

弊社Webサイトからもご意見、ご感想をお寄せいただけます。

ありがとうございました。
せいただいたご意見、ご感想は新聞広告等で匿名にて使わせていただくことがあります。
様の個人情報は、小社からの連絡のみに使用します。社外に提供することは一切ありません。

籍のご注文は、お近くの書店または、ブックサービス(0120-29-9625)、
ブンネットショッピング(http://7net.omni7.jp/)にお申し込み下さい。

と。

　お世辞にも格好が良いとは言えなかった。プロのスイングをイメージするならば月とスッポンだった。それでもシングル氏の批評は良かった。

「見た目はともかく理に適ったスイングをしている。ベタ足で軸はぶれず、頭は動かず、体が硬いことからぎくしゃくと流れを欠くが、ヒットポイントが一定なことで打ち損じが少なく、頭が残りクラブが振り抜けている」

　真っ直ぐ刻んでいくのが真骨頂だった。腕力はあったので芯を食えば、もちろんそれなりに飛んだ。そしてパットが上手かった。「アイアンは鑿の、パットは墨糸の極意では」シングル氏の評は一理であった。

　スタートで翁のスイングに薄笑いを浮かべていた氏がホールアウトしてみれば、たじたじとなったことも。

俺をスキーに連れて行け

ゴルフは良くても、やはり足下が不如意なスポーツは苦手である。

孫のスキーに同行した翁だった。

ローラースケートは散々であった。引け目を感じても滅多に凹むことのない翁である。そんなことは疾うに忘れていたろう。

孫に颯爽と滑る姿を見せたかったのであろうか。長いスキー板である。すくと立って直ぐさま滑れると思ったに違いない。ところがである。やはり足場が滑るのは拙かった。

先ずは立てない、ボーゲンが適わず。同行者が付きっきりで教えたがどうにもこうにもままならず。体が膝が硬い。スクールへ加入も、参加費が無駄であった。その後も同行者が代わる代わる教えたが奏功はしなかった。

翁の自慢

還暦を超えてからのことだった。

富士山へ。

「頂上に登り御来光を拝み、お鉢巡りをしてきた」

唐突に富士山へ。登山に通じる知人の誘いであった。若い頃から一度は登りたいと思っていたのだろう。日本人ならば誰しもが思いを馳せる山である。体力が適う間に機会を得れば、「是非とも」ではなかったか。

気早に登山靴とリュック、諸具を揃え、ぶっつけ本番だった。

頂上が迫り高山病が兆したが我慢を、知人等に遅れることはなかったという。

六十七歳の時に屋久島へ。翁の発意であった。それも降って湧いたように、いや、それも木を相手にする仕事柄、屋久島へ、一度は縄文杉を目の当たりにしたかったのだろう。一人仕事となるまでは遠慮があったらしい。

壮年二人と日帰りツアーに参加した。そもそもがタイトなスケジュールであったらしい。ガイドが一人では拙かったと。帰途、遅れる参加者に手を焼いてスケジュールが狂いだし、十八時帰着が二十時近くになってしまったという。

縄文杉を目の当たりにし、昼食をかねた休息をとるものの、二十二キロを歩き通しであったとか。往時は今ほど歩道の整備がなされておらず、歩き辛かったようである。壮年者でさえ大変であったらしい。翁はツアー中にしんどい素振りを見せたことがなかったという。

ツアーを開始してから何年目のことで、どれ程の参加者を数えたのか。ガイドの話では翁がその日、参加者の最高年齢を更新したのだと。

平素から体を動かしていたからか、富士山へ、縄文杉へ、体力を慮ることはなかったのか。

日頃から目標としていて、鍛錬しながらも達せない人がある中で、還暦を過ぎて尚、その健脚は壮年者に劣るものではなかったのだ。壮年者にも優るポテンシャルを秘めていたか。精神力の賜であったのか。

登山に纏わる話は媼からも聞いたことがない。山に登ったことも、急かされて長時間歩いたこともなかったはずだ。そう、今に思い当たる。三十代半ばから四十代半ばまで興趣としていた狩猟である。昔取った杵柄は消え入ってはいなかった。幽かに燻っている燠が赫々《かくかく》と燃え立ったのではなかったか。茨城、福島の猟場へ、猟銃を肩にリュックを背に、山林丘陵を歩き回っていた杵柄は歳を物ともしなかったのだ。

後年テレビで富士山の登頂を、縄文杉の特集を見る度に自慢気に饒舌となる。

確かに誰が登ろうが、歩こうが、けして楽ではない行程である。快挙を遂げた翁であった。

大病

肩と腰の貼り薬は通年となったが、喜寿を難なく通過して傘寿を過ぎても元気であった。

齢でも適う仕事は為遂《しと》げてきた。お得意様に頼まれれば、遮二無二「はい」と。酒好きな翁である。酒タイムに節操がなくなった。

風呂が好きな翁である。二度の日もあった。腰痛と肩痛、筋肉を解《ほぐ》すためだった。齢八十四の夏は猛暑であった。猛暑の中での仕事が後に祟ったのか、年末に手がけた力仕事が障ったのか、正月が過ぎてから体力が減退した。意識の混濁から入院する羽目に。精密検査で病状は認められず、事なきを得て数日で退院となった。過労と酒の飲み過ぎであったらしい。

快復すると、翁が復活した。養生していれば良いものを、適う仕事が生ずると精を出す。一人では不適な、度を超す仕事も仲間に頼らず請け合うことに、頑固な性分であった。周囲の誰もが「好きにするしかないさ」と。悪いことには、また節操なく酒をちびちびやりだすことに。

三月に入ってからのことだった。風呂場で転倒して頭を打ったと、そして後日は自転車で転び顔面を打ったと。何やら普通ではないので媼が病院を勧めるも、聞く耳持たず。思い余る忠言をどやしつけたらしい。

それから数日後の朝であった。何時まで経っても台所に翁が来ないので次男が寝室に行ってみると、布団に半身を起こしたまま動けずにいた。立ち上がれない。そうなっては有無を言わさず病院へ。検査の結果は蜘蛛膜下出血で左半身が麻痺していたのであった。即入院、翌日に手術となった。看護師さんが「これ以上悪くなることはないと思います」と、手術は成功した。そして強運なのだろう、障害が残ることはなかった。初めての大病に打ちのめされたのか、術後は気怠そうに、覇気のない日々が続いた。

懲りない翁

手術をしてから月毎にＭＲＩの検査となる。微量の出血は止まず、また蜘蛛膜下に血が溜まりだし、八月に二度目の手術となった。家人が知らない所で節制を怠っていたのか。「翁のことだから」家人等は勘繰った。どれほどの自覚があったのか、靴下を履くのに手間取るは、歩くのも覚束無いありさまだったのだ。それが手術前の不便は覚えておらず。半身不随となった体を持て余していたことも知らない翁であった。

二度目の手術で出血は止んだ。年末までのＭＲＩ検査で出血の影を認めることはなかった。医師が懸念していた蜘蛛膜下腔の位置も正常にもどり、覇気を欠いていた相貌がもとへ、頭の回転も漸次もとへとなる。

筋肉の衰えと耳遠いお惚けは致し方なしとして頭の冴えをとりもどす。となれば、翁気質の復活である。ずいぶんと気が練れたようにも、それも頑固一徹はそのままに、弱気から強気に、マグマこそ噴かないものの、折々に怒気顔に。翁らしい。正真の翁となる。そうであってこそ、媼も家人も安心を得たのであるが。翁、良くなれば良くなったで生きている内にである。毎日ワインを少々、煙草は隠れて何本か。媼の面前では吸わず。家人が知ろうが、知らんぷり。咥え煙草で野菜作りに勤しむ翁となる。


長年居を別にしていた次男であった。

戻った居の住人は知れたる翁と嫗である。

別居で忘れていた翁の嫌味を思い出す。

事前に注文ありきであれば、嫌味も厭らしくもないのだが、事の初めに注文を出さぬ翁である。注文があるのなら溜めておかずに吐き出せばよいものを。

……思い出す。昔からそうであった。注文は出さない。不愉快となれば思い出したように注文を出す。自分がそうであれば、余人もそうだろうと思っている。斟酌はしない。言うならば、了承の上で家は建てることに。上の空で聞いていたのか、完成してから何が気に食わぬのか、ここが違う、そこが違う。了承しておきながら結果が御気に召さずば小言は止まず。何かの折に噴火する。その有様は誰しもが疎むところか。それを思えば長らく善くぞ忍んできた嫗であった。あった、ではない、今もである。

翁と媼の領域に入り込んでは拙いのだ。生活様式を乱してはならないのである。翁の不愉快である。次男は常に第三者的、傍観者であるべきを心がける。「そうしよう。肝に銘じておけ、余計なことは言わない、しない」注文が出れば承るのみである。

翁と媼の齢を思えば、次男の同居は余儀なくのことである。人数が増えれば煩瑣はお互い様である。そして齢の差は当然として気質はそれに増して相容れない。

翁の食事

翁家は朝昼晩が米飯である。朝は味噌汁が必須である。パン、麺類はたまにのことか。日毎野菜を欠かさない。それ故か翁と媼は健康である。翁の日課である野菜作りから一年を通して何かしら新鮮な野菜が食卓に上がる。蜘蛛膜下を患う以前からの野菜作りであるが、患ってからはライフワークとなっている。本業に執念は持つものの、術後は体力が落ちて体が利かなくなった。齢の所為もある。それでもなお蜘蛛膜下を患わなければ今でも本業を続けているに違いない。今も未練が。時にはもどかしい様子を見せることも。八十六歳になっても体力の復調を信じる翁である。二度目の手術を受けてからは思考回路も正常へ。それに応じて超怒号の癇癪も復活となる。不出来でも、さすが、野菜だけには癇癪を浴びせず。

時代がどう移ろうと、変わることのない朝食である。白飯と味噌汁と漬け物を定番に、卵、海苔、時に佃煮等々。自らがあれを食べたい、これを食べたいとは言わない。肉は好きである。出された物を何でも食べてきた。それが術後に変わった。ご馳走であろうとも、何か気に食わないと、もったいぶって箸をすすめぬことも。

今日日でこそ、翁の美味い不味いが知れるものの、以前は心根が察せず、「そうなのだ」今日日「わかった」としてしまう。食料難の辛苦を凌いだ上に随分と美味い物を食べ損ねてきたのだろう。

梯子の上の翁

耳が遠くなって普通の声量では会話が適わなくなった。小音量でも聞こえているような。大音量でも聞こえていないような。時に不思議な翁である。そう、普通の音量で通じることがあれば、大音量で反復しても通じないことが。本当は聞こえているのではないか。時に疑いを抱かせる。

昨今は一緒にテレビを見ることはない。字幕付きでないと大音量に居た堪らなくなるからだ。苦痛なのだ。字幕付きであっても直に聞き取りたいのか、これも喧しい。前に何度も述べた。嫗が言うのには「人の話を聞かないから」そうなったと。そう、自分の意に馴染まぬ話は耳を傾けない。執拗であれば、その先には超怒号の癇癪が待っている。理不尽であろうとなかろうと、話の如何によっては誰にでも立腹をする。的を射てようとなかろうと。心持ちが悪ければ腹が立つ。その度合いが尋常ではないのはこれまでも。信念の怒りとでも言おうか。だからこそ超怒号となるのだろう。

それにしても昨今は齢も追い打ちをかけて共同作業は支障をきたすばかりに。先般の手伝いが最後となるやも知れない。

翁の道具は翁が所定の場所へ片付けるべし。よかれと気を利かし工具を片付けて、翌日に、次回に、見当たらぬ、となれば一騒動が持ち上がる。

その工具は翁自らが片付けた。

梯子の最上段から「〇〇を持ってこい」次男が手間取っていると「何もたもたしてんだ。日が暮れちまうぞ。まったく。ほらほらほら、早くしろ」と捲し立てる。次男は工具と称が一致しないどころか、工具に馴染みがなかった。翁にどんな工具で在り処を訊けば耳遠くて伝わらない。埒も無い遣り取りに焦れてみれば、近所におかまいなしの癇癪玉となった。老境における鬱憤なのか、次男に対する不満なのか、ここぞとばかり、得意げに、まさかと思う罵詈雑言を浴びせてみせた。暫くは話にならなかった。後でよくよく探してみれば、その工具は隔たった棚に対の道具と並べてあった。次男には身に覚えのないことだった。自身が知っていれば他の者も知っている。知らないはずはない、の翁である。

翁の知り合いの家へ次男が運転して行くことに。大まかには知ってはいたがその家の在所までは知らず。家の前を通り過ぎたなら、急に血相をかえて「何をやってやがる、ここだ、ここだ、ここだろうが、このバカ野郎」と。それ以来、翁の車に同乗する時は一切運転せずとなる。それも蜘蛛膜下を患って萎れていた時期を思えばよくも元気を取り戻したのだった。癇癪を取り戻したのは余計だろうが、超怒号の癇癪は翁が実在の証しである。

とにかくも、怒りを覚える前に相手が如何なる因でそのような結果を招くのか、生じさすのかを想像しない。それにしてもだ、如何に単純な作業であろうと、業界人の常識であろうとも、その場面、知らぬ者は知りようがないだろう。

長女が言うように、実は普通の音量で聞こえているのでは。聴覚の正常化である。二度目の手術を経た後に脳機能が正常を取り戻し、併せて聴覚も回復したのでは。時に普通の音量で会話が成立することがある。正常な頃の聴覚とはいかなくてもかなり復調したのではないかと。なまくら耳はそのままに呆けているような節が窺える。で、あるならば結構なことであるのだが。

夕食時に観察すると長女の推測は満更でもなかった。次男も、おや、おやおや、思い当たることが二度三度あった。

元から家人の発言は嘘っぱち、正鵠を射るのは自分の言だけであった。

クイズ番組の少ない正解に「ほれ見ろ」鼻高々であった。それに現況がよく似ている。迂闊なことは言えない。翌日から注意深く観察することに。そう、今は普通の声量で話が通じるのでは、そんな気がする。これまでの翁を知ればそんなバカなだが、耳が聞こえだしたのか、近々の難聴は疑わしい。敢えて翁の癇癪を誘う言葉を投げてみようか。いや、悪戯に誘うのは分が悪い。その場では無視を決め、気障りを溜めるか、梯子の上ではないが昨今は時と場所を移し、ここぞとばかりに嘲笑や蔑みを浴びせてくる。単純な癇癪ばかりではない。相手の落ち度を如何に突くかを計算し、時宜を待つ。今は狡猾で厭らしい翁に。

どうせ聞こえはしないのだと、翁を素通りした会話があった。聞き取れていたのか、雰囲気から察したのか。分が悪いと何やら呆けを決め込むようにもみえる。そして心根に不愉快を溜める。それだからこその癇癪もあるのだろう。

今朝、翁から次男に注文が出た。

「何時まで客間に荷物を積み上げておくんだ。だらしのない野郎だ。まだ癖が抜けてねーな」

越してきてからずっとそのままにしてあった。一階の客間に堆《うずたか》く積まれた衣装ケースと纏まりのない衣類の一隅を見れば、目障りである。それも訳あって寝間としていたのだが。そう、極論すれば衣の放置を叱責するものだった。確かにであった。次男も落ち着かずにいたのだ。良い機会であった。手狭だが二階の室へ寝床を移した。そこは次男の所有ではない荷物が空間を狭めていたのだ。不在者の所持品であるから、どうすることもできずにいたのだが、そこに想像がおよぶ翁ではない。その気にさえなれば臥床に足りる。早々にそうすればよかったのだ。翁の忌まわしい注文を聞くことはなかったのだ。常、翁を思う。どうせ注文を出すのなら、早期に「おまえ、寝室は何処にする」その一言で事は済んだのだ。吝嗇であるから何物も溜めるか。そして溜まれば使いたくなるのだろう。何も癪の種まで溜め込まなくてもよいのだが。翁の気質をよく知る者は言い回しが拙いと。自身で溜める癪の種である。使い方は勝手にどうぞ。他者がとやかく言っても始まらない。

晴耕雨見

雨日でもなければ野菜作りに執心な翁、何はさておくも野菜作りとなる。冬の早寝遅起きも春から秋までは早起きとなる。翁の日々は晴耕雨見。見とは、テレビである。雨日は終日テレビとなる。

蜘蛛膜下出血と診断され、一度目の手術は三月に、その後次第次第に血が溜まり二度目の手術は八月に、その都度回復を待って野菜作りを。二度目の手術後は血が溜まることもなく蜘蛛膜下腔の位置も正常にもどり、本復した。体力は衰えたものの、脳の働きと体の動きから障害は消え、今春は以前に増して精力的となる。長年の野菜作りからその出来栄えも玄人跣《はだし》に。

本職がプロとアマの違いを言えば「毎年、通年、商品となる菜を作れるか否かである」と。

野菜作りを始めたのは何時からのことであったのか、戦時中のことは別として、遡れば四半世紀にもなるのだろうか。

年によって、菜によって、その出来はまちまちであるが、これまでのヒットを挙げれば、キュウリ・ウリ・ダイコン・ナス・ジャガイモ・ハクサイ・ブロッコリー・トウモロコシ・タマネギが。その中でもヒットの本数が多いのはタマネギである。果物は振るわない。トマトは内野安打、スイカは見逃しの三振。今春採れたタマネギも新たな一本となる。見栄え、食感、食味、三拍子揃い踏みであった。次なるは何、今日も畑に。

本業で奔走するのを目の当たりにしていた。仕事に対する拘りは並外れていた。意匠の得意な翁であるが焦点の呆けることも。本質から逸れることも。我流と独断の人である。教えを請うのは良しとしないか。それでも野菜作りとなると、媼の実家から農法やら肥料を請うていた。ノウハウ本で猛勉強を。野菜だけは別物である。

此処へ来て改めて昭和一桁世代の底力を認識する。

戦時下体験、戦中戦後の食糧難と物不足、食糧と物を大切にの心持ち。

目の前で目撃した父親の死、この件についてはその有様も感慨も語ったことはない。

「おまえらに言っても解らね〜な、何たって食う物がねえんだから、ホントだぞ」

翁は一体どういう人なのか。翁の本質は知れ難い。戦時下にあって家族が多い中、十六の時に眼前で父親を失った長男の境涯に帰結するのではないだろうか。

次男には想像が及ばない。この先もわからず仕舞いに違いない。と、言うより、翁の辛酸はわかりようがないのだろう。第三者の観念がおよぶ領域ではないのだから。世代の差は縮められても境涯の差を縮めるのは無理だろう。わかるとするならば、その観念は幻想であり捏造に違いない。翁世代の身過ぎには感服の至りを覚える外はない。

難聴の実際は

実際か芝居か、一時耳鳴りがすると、嫗に訴えていた。難聴は確かだろうが、長女は翁と話すのに、あえて普通の声量としている。失礼だと思いながらも真偽を確かめている。能力が回復するまでは一貫して耳遠く「何を言ってんだか判らねえ〜」が口癖だった。それが此処へ来てはその言葉を聞かなくなった。往時の儘とはいかぬまでも、聞こえるようになったのか、そう、手術前の聴覚は取り戻したのではないかと。

翁と一緒にテレビを見るのは耐えられない云々を述べたが、昨今では字幕番組でもそうなってきた。翁専用のテレビは茶の間にあるが、食事は台所で一緒にテレビを見ながらとなる。始末が悪いのはニュースやクイズ番組の類である。「食事がすむまでは黙っていれば」と思ってしまう。凶悪事件について怒鳴り散らすは、時事に関して自分の知見を披露すれば、その見識に、そうに違いない、その他はない、絶対にそうである。識者然として、自慢気に、家人を見下げるように持論を述べる。それに口を挟むなり、揚げ足を、そう、否定することにもなれば、場の空気が変わってしまう。理に適っていれば、その通りであれば、口を挟むこともないのだが、誤認を聞き過ごしては失礼だろうと。黙認が一番良いのは承知でも、二言、三言、献上することに。そのとき何故か普通の音量で会話が運ぶ翁であった。此処に来ては自ら進んで媼に、それも大声で会話を仕掛ける。昨今、何やら様変わりを。どれ程かは知れないがよくなったに違いない。それも、ばつの悪い話は今も昔と変わらず、知らんぷりのままである。

難聴が和らいだことで、字幕でも音を聞かねば気がすまなくなったのか。

大病は過去に

老いは致し方無しとして大病は霧散し、その残片を見ることはなくなった。矍鑠《かくしゃく》とはいかないまでも元気である。

米寿を過ぎても晴耕雨見は相変わらずの日々である。

米寿を前に、昨年からであった。それまで自身の誕生日を吹聴することはなかったのだ。そうであるから家人の誕生日を云々することもなかった。家人同士で祝いの品を交換することはあっても、家族の誕生会を催したことはない。

時を遡れば、そんな暇と余裕はなかったとなる。それがそのまま時は流れ、家人の誰々が何歳になったと、各々が吹聴することもなく、家人に認識はあっても別段の価値を認める日とはしてこなかった。然様な家風にあって昨年が初めてのことだった。どういう風の吹き回しか、翁、誕生日を前にして自らが盛んに吹聴しだした。あたかも誕生日を祝ってくれ、誕生会を開いてくれ、と言わんばかりに。家人等全員が揃うことはなかったが、ご馳走とケーキで八十七歳を祝うことに。ケーキを食べる前には場当たりにもハッピーバースデーソングを献上することに。米寿を前に生涯を通じて初めての誕生会ではなかったか。

それから一年が過ぎて。

米寿の誕生日を前にしてはさすがに家人等もお祝いをしなければと思った。

昨年の誕生会が嬉しくも愉快であったのか、今年はさりげなくも当然のように「俺も米寿か……」何かを語るに鏤《ちりば》めて、誕生会を迫ってきた。

好物を腹一杯食べてもらうのがよいだろうと。あれが食べたい、これが食べたい、とは言わないが肉は好きである。体調は良く、別段の食事制限もないことから、ボリュームのあるステーキとした。一枚まるごとを大きな皿に。フォークとナイフを両脇に添えて。齢には過ぎていたろうが、好きな肉を大胆に頬張っていただこうと。

シャンパンに始まり米寿の祝いと感謝の言葉を、ステーキを独り占めに、バースデーソングを捧げケーキで〆を。心根は知れぬが、テレビドラマの一齣にも劣らぬ二度目の誕生会は最良の一日になっただろう。

嚥下障害

蜘蛛膜下は平癒し、不調をおもわすことなく安楽な日々を過ごしていたが、食事が喉に引っ掛かると訴えだす。

硬い物、ごつごつした物、小骨の多い魚を食べなくなる。媼の不調には労いの言葉も少なく、あっさりとしたものだが、自分の体調不良となると然も大げさな翁である。食事をしながら喉越しがどうのこうの小言をならべ、顰めっ面をしてみせる。そんな時は大方が媼に「何とかしろ」との意味合いである。そして長引けば家人が病院へ連れて行くことに。

病院の内科で診察を受けたが異常はなかった。通院するも不調が治まらないことから、他の病院の嚥下専門医を紹介された。専門医が咽頭から食道をカメラで検診したが異常はなかった。流動食から硬い物まで試食を、嚥下に際して家でとるような態度はみせなかった。

腫瘍の有無が心配で専門医まで行ったが、その甲斐はあった。

「高齢で食道弁の開閉機能が低下してきたかも知れません」そしてとって付けたよう

に「昭和一桁世代は大量にほおばり、よく咀嚼しないで飲み込む人が多いので、食道を傷めてくる人がけっこういます」聞けば翁もそうであった。そうしなければ食べた気がしないのか、不調を訴えながらも、大量にほおばり、よく嚼まずに飲み込むのを常とする。媼が「そんなに喉が支えるなら、少しずつ、もっとよく嚼んで食べればいいでしょ」何遍言ったことか、そうはしない翁である。

弟妹を思いやる気持ちは今も

神棚は翁の父親の作物である。父親の勧請した神様が祭ってある。その細工を見れば誰もが父親の腕を疑いはしないだろう。そして、その凝った作物は信心の深さを思わせる。

大病を患う前までは神棚に仏壇に真摯に向かってきたとは思えない。その姿勢から時には毛嫌いしているのでは、逃げ腰ではと、含むところあった。父親の不意な四十四での死、母親も六十を過ぎての死であった。年中行事を無難にこなすが、胸裡には神も仏も在りはせず、不信の念が蟠《わだかま》っていたのではないかと。それが二度の手術を経て平癒してからは真摯となった。通り一遍の日課ではなし、文言は翁語にてわからぬが、朝夕、加持祈禱を捧げだす。媼の話によれば、米寿を前にそれが激化したと。時に薄気味悪いらしい。声を上げて神棚に仏壇に翁語で加持祈禱を、暫し間があって「はい、はい、はい、はいーいっ」祈禱に対してお言葉を頂き承諾を得たかのような問答をしていると。

家事の合間に何事かと窺ってみれば、神棚に向かって家の安泰を、仏壇に向かっては父母の位牌に顔を近づけて弟妹の安穏を祈っていると。どうなのか、翁、神仏と話が適うようになったのか。嫗、時に気味悪くも笑ってしまうと。念頭にあるのは常に弟妹達のことではないかと。米寿を過ぎて両親の位牌を前にすれば何となく家長として奔走してきた足跡を垣間《かいま》見る。積年の思いを日々語りかけているのでは、と思わずにはいられない。

米寿を過ぎても晴耕雨見は変わらずに、耕作となれば良くも体が動く。「大丈夫、元気だね」外で野菜作りに勤しんでいるほうが安心な嫗である。

テレビを前に座椅子に凭《もた》れ込んでいる。見ているのかと思えば目を閉じている。「眠っているのかしら」用はないのに「お父さん、お父さん」と声をかけてみる。寝入っていればかけ声は高くなる。体を揺することも。寝顔に覇気を見なくなる。心配ながらもその顔に馴れてくる。「手元にリモコンがあるでしょう、見てないなら消しなさいよ」嫗が昨今は頻繁であると。家人の電気の消し忘れには目くじらを立てる翁である。静かだと、時々に不安が走るらしい。テレビががなり立てていようとも、安心とはいかなくなってきた。

代々への思いは

組織を解散してからのことである。墓碑に刻まれた姓家代々の没年を自らが買い込んだ年表に対照させていた。没年の始まりは江戸中期である。元号と戒名から何ごとか明察を探り当てたのかは知れない。翁の祖父から代を遡れば、何処に住み何を生業としてきたのか。歴代の遷移は知れない。先祖が残した物は、と言えば名前と戒名、没年の記録のみである。

翁の曾祖父の遺品は皆無である。曾祖母と思われる写真が一枚あるがその写真がその人物なのかも定かでない。

祖父も長寿ではなかったのか、同帯の生活を得なかったのか、記憶に留めていないのか。「か様な人であった。名前は何」翁が話題にしたことはない。もっともよく知る父親のことも同様で話したことはない。語れば目前での死別が甦るのか。父母の命日を家人に事触れたことはない。そういえば弟妹のことも、戦時下を語るのが忌ま忌ましいのか。そして今は未来も語らない。

最後に

頭を患い歳を重ねる毎に頓珍漢な言動が多くなりだした。

翁の本意は。昨今は媼も翁のことがわかりかねるように。媼がそうであれば家人等がわかろうはずもない。

媼が家の代々を心配して拝み屋さん（神仏道を修行して特殊能力を身に付けた人）を訪ね、翁が考えていることを訊いてみた。

「何と言って良いかわかりません。言いようがありません」

媼は苦笑いを浮かべる外はなく「拝み屋さんがわからないんじゃしょうがない」つくづく納得して帰ってきた。

これまでの二人の光陰を察すれば「こういうことです」明言を避けたのか。いや、本当にわからなかったのだ。翁について媼がわからぬことは神仏でさえわかろう筈がない。

著者プロフィール
東屋 拓造（あずまや たくぞう）
人生の時々に予期せぬ出来事が。
私は翁を敬愛する者です。

翁

2020年9月15日　初版第1刷発行

著　者　東屋 拓造
発行者　瓜谷 綱延
発行所　株式会社文芸社
〒160-0022　東京都新宿区新宿1－10－1
電話　03-5369-3060（代表）
03-5369-2299（販売）

印　刷　株式会社文芸社
製本所　株式会社MOTOMURA

©AZUMAYA Takuzo 2020 Printed in Japan
乱丁本・落丁本はお手数ですが小社販売部宛にお送りください。

送料小社負担にてお取り替えいたします。

本書の一部、あるいは全部を無断で複写・複製・転載・放映、データ配信することは、法律で認められた場合を除き、著作権の侵害となります。

ISBN978-4-286-21849-6